TAMARA LORENZ

Darling Publications
Köln 2008

so oder so

Foto- und Videoarbeiten
2004-2007

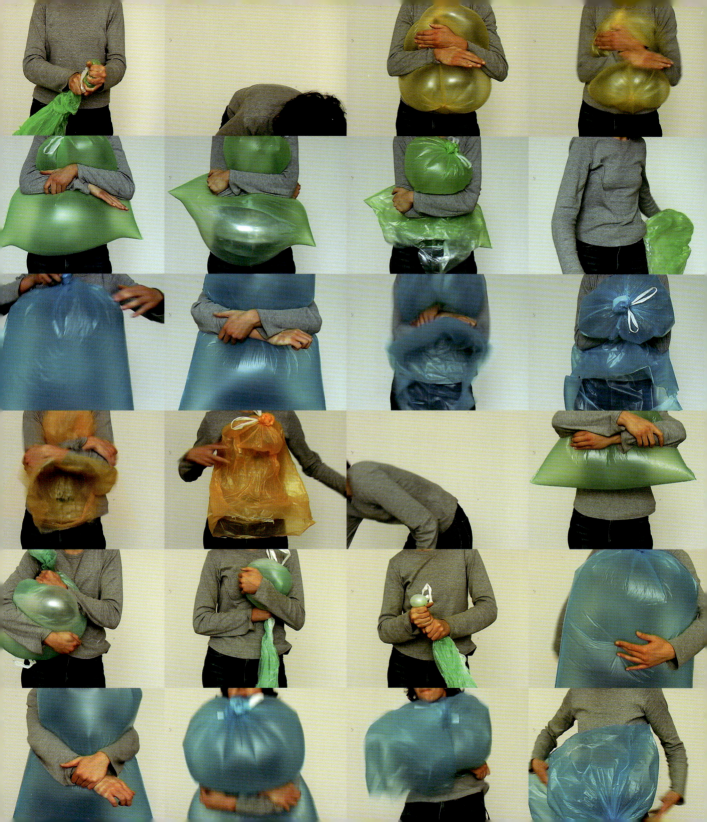

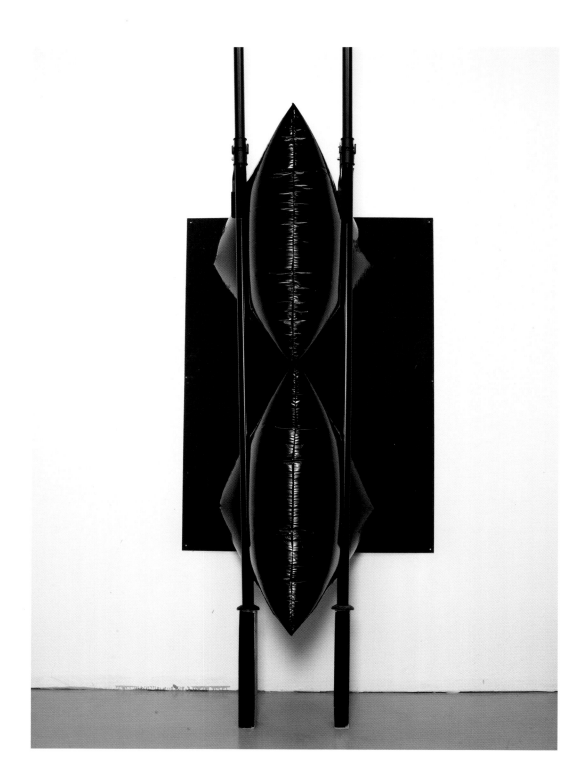

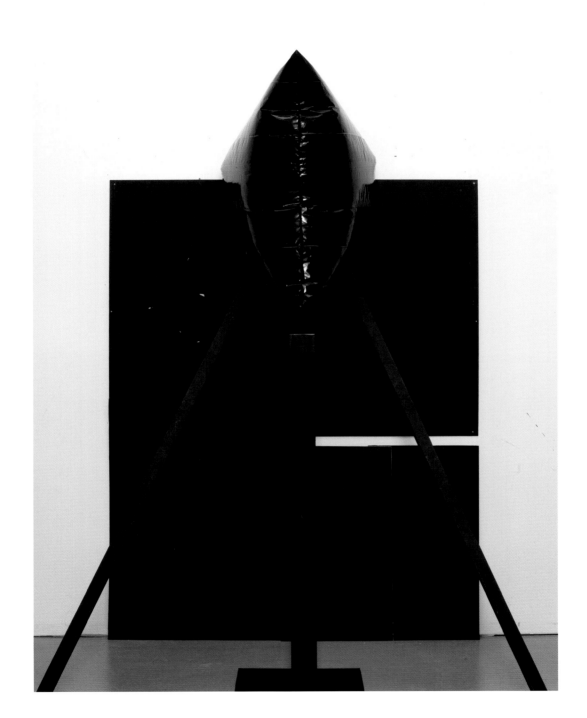

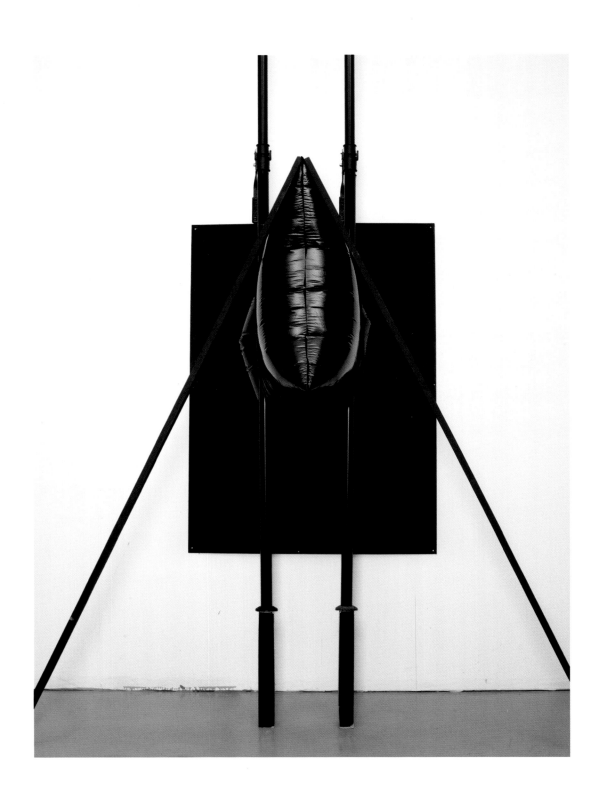

HELDEN DES ALLTAGS
von Deborah Bürgel

Farbige Plastiktüten werden von einem haushaltsüblichen weißen Ventilator wie Windsäcke aufgepustet. Aus einem hölzernen Stamm wachsen grüne Tüten. Ein schwarzer Plastiksack liegt wie eine Leiche auf einem Stapel Industriepaletten. Graue Mülltüten wurden in zwei Reihen akkurat parallel aufgestellt. Metallene Lagerregale sind mit verschiedenen aufgepumpten Tüten ordentlich gefüllt.
Die Protagonisten der Photographien und Videos *Das halbe Leben ansich* (2004-2006) sind allesamt gewöhnliche Mülltüten aus Plastik, zumeist luftgefüllt, in einer erstaunlichen Vielfalt verschiedener Größen, Formen und Farben. Ihr fremder Gebrauch befreit sie von ihrer funktionalen Zweckmäßigkeit und setzt sie in ein neues, ungewohntes Verhältnis zur Realität. In den merkwürdigen, provisorischen Bildsituationen ohne Argument bleibt die neue Funktion der Tüten unergründbar, kehrt sich gleichsam um zu einer ironischen Parodie auf den Zweckdeterminismus. In dieser Zweckmäßigkeit ohne Zweck [1] offenbaren die Tüten ihre unerhörte Schönheit. Gleich, ob sie schlapp an der Wäscheleine hängend photographiert werden, ordentlich in Regale gestaut oder festgebunden an zwei Klappstühle, die wie Gesprächspartner oder deren Stellvertreter wirken, die Tüten sind die Hauptdarsteller im Bild, in dem sie wie auf einer Bühne erscheinen. Tamara Lorenz läßt die vermeintlich stillschweigenden Gegenstände beredt werden und kitzelt mit Witz und Kalkül ihr ungeahntes Eigenleben hervor. So vollzieht sich eine magische Metamorphose der Dinge in Figuren. Diese Verwandlung gleicht der des Traums, in dem häufig Gegenstände zur symbolischen Darstellung von Personen, Körperteilen oder Verrichtungen dienen, wie der Psychoanalytiker und Traumdeuter Sigmund Freud schreibt [2]. In der Photoserie fungieren die Tüten als Tropen des Alltagsrealismus und verkörpern Zustände und Bedingungen menschlichen Seins. Verspielte, dynamische Arrangements im Gegensatz zu festen und statischen Installationen stellen die zwei Prinzipien menschlichen Lebens, Vita activa und Vita contemplativa, gegenüber. Verschiedene Formen menschlicher Gruppendynamik werden etwa in einem nachgestellten Sitzkreis, streng parallelen Reihen oder dem von einer Leiter dominierten Chaos am Boden angesammelter Tüten verbildlicht. In der Folge der Serie entsteht eine Typologie, in der die Tüten als Helden des Alltags menschliche Verhaltensmuster vorführen. Aufgrund der Nüchternheit dieser Zurschaustellung sowie der völligen Abwesenheit jedes dramatischen Ausdrucks gewinnen sie einen Abstand zum Dargestellten, das so zur Persiflage wird.

Mit einem aufmerksamen Blick für die kleinen und abseitigen Dinge spürt Tamara Lorenz in der Welt des Trivialen zufällige Situationen auf, kuriose Fundstücke, die sie in zahlreichen Photos sammelt. Eigenartiges und Einzigartiges, Trauriges und Abstruses, Gewolltes und Beiläufiges, Kaputtes und Arrangiertes, Gebautes und Gefundenes steht gleichberechtigt nebeneinander und fügt sich zu einer skizzenhaften Poesie des Alltags. Die einzelnen Gegenstände weisen dabei über sich selbst hinaus und sind in einem vielschichtigen Netz aus Zeichengehalten und Bedeutungen verknüpft. Der französische Schriftsteller und Philosoph Roland Barthes beschreibt in seinen *Mythen des Alltags* die übernatürliche Anmut und Perfektion des Citroën DS 19, die ihn das Automobil als zeitgenössisches Äquivalent der gotischen Kathedrale bezeichnen läßt [3]. Auch die Schönheit der gemeinen Mülltüte, ihre reiche Farbvielfalt und die plastische Qualität ihrer gefüllten Form wird selten beachtet und kaum geschätzt, ein trivialerer Bildgegenstand läßt sich in den Niederungen des alltäglichen Haushaltes vermutlich kaum finden. Tamara Lorenz inszeniert sie in ihren Photographien und Videos und greift zugleich ihre Identität an, indem sie diese zerplatzen oder ihnen langsam die Luft entweichen läßt. In ihrem Video *Operator* (2005) aus *Das halbe Leben ansich* versucht die Künstlerin aus einem schier unerschöpflichen Vorrat verschiedener aufgeblasener Tüten eine nach der anderen mit ihrem Körper zum Platzen zu bringen. Die Luft entschwindet mit einem gedehnten Pfeifen, lauten Knall oder merkwürdigen Knistern, manchmal schnell, manchmal erst nach langem Drücken und Drehen, Wringen und Quetschen. Dabei entstehen merkwürdige Formen bildhauerischen Arbeitens. Das Ausquetschen und Herausdrücken, das auf die handelnde Person übertragbar ist, kann insofern als Auspressen und Entäußern plastischer Formen und als Bild für den Künstler und das künstlerische Schaffen gelesen werden.

Die Videos von Tamara Lorenz erinnern in ihrer Darstellung simpler und ständig wiederholter Tätigkeiten sowie durch die technische Einfachheit und Ruhe, den Verzicht auf Kamerabewegungen und Schnitte, an die frühen Videos des US-Amerikaners Bruce Nauman, die in den späten 1960er Jahren in seinem Atelier entstanden und ihn selbst bei der Ausführung einfachster Handlungen zeigen. So sieht man ihn zum Beispiel in *Stamping in the Studio* (1968) laut auftretend mit kleinen Schritten durch das Atelier laufen. Das Prinzip der Wiederholung liegt auch einem Video des Bildhauers Richard Serra zugrunde. *Hand Catching Lead* von 1971 zeigt eine Hand, die von oben herabfallendes Blei fängt, bevor sie es nach kurzem Festhalten wieder losläßt und das nächste Stück zu greifen versucht. Der Kraftaufwand und die körperliche Anstrengung, die zu einer merklichen Ermüdung und Verlangsamung führen, sind deutlich sichtbar. Auch in *Operator* bestimmt die Darstellung der sukzessiven körperlichen Verausgabung gemeinsam mit den unterschiedlichen Reaktionen der einzelnen Mülltüten die reduzierte Dramaturgie des 19-minütigen Videos. In der endlosen Wiederholung einer Handlung ohne erkennbares Ziel oder Zweck wecken auch andere Videos wie beispielsweise *drag and drop* oder *dropdown* (beide 2005 entstanden) Assoziationen an den Mythos des Sisyphos, der verurteilt ist, einen Stein den Berg hinaufzuwälzen, von dessen Gipfel er immer wieder herunterrollt. Der französische Schriftsteller und Philosoph Albert Camus bestimmt Sisyphos als Held des Absurden, der glücklich ist, weil er sich der Sinnlosigkeit seiner Arbeit bewußt ist [4].

In ihrem bildhauerischen Umgang mit Material, ihrem Spiel mit Form und Nicht-Form, mit Plastik und Prozessualität steht Tamara Lorenz im Zusammenhang der Erweiterung des Skulpturbegriffs seit den 1960er Jahren sowie der Auseinandersetzung mit dem künstlerischen Bildfindungsprozeß. Diesen thematisiert sie in ihrem Video *Soapopera* (2005), in dem luftgefüllte Tüten etwa 30 Minuten lang nach und nach in den Bildraum fallen, so dass das Bild sich zwar langsam, doch stetig verändert und geradezu wächst. Während die Tüten geräuschlos ins Bild sinken und ihnen die typische Assoziation des Knisterns und Raschelns genommen wird, steigert sich die Konzentration auf die Verwandlung des Bildes fast zu einer meditativen Betrachtung und erinnert die Entwicklung an einen malerischen Prozeß. Hier scheint die Komplexität des Verhältnisses zwischen den verschiedenen bildnerischen Medien in ihren Arbeiten auf. Sie wirken einerseits sehr skulptural und zeichnen sich, auch aufgrund des konstruktiven Charakters ihrer strengen, einfachen Komposition, durch eine große plastische Präsenz aus und sind andererseits Abbilder, photographierte Momentaufnahmen oder im Videobild festgehaltene kinetische Skulpturen. Die Photographie setzt die provisorischen Skulpturen ins Bild und dokumentiert sie, weniger zur Wiedergabe als vielmehr zur Erfindung einer eigenen Realität. Sie verleiht den partikularen Momenten durch die photographische Inszenierung eine übergeordnete Bedeutung. Die Bedingungen ihrer Entstehung verstecken die Photos allerdings nicht, ganz im Gegenteil bleiben Stützen und Stangen, eine Mehrfachsteckdose oder auch der graue Atelierboden sichtbar. Photographie und Video erlauben es auf diese Weise den Dingen unter sich zu bleiben. Durch die aufgebaute Distanz werden die Bildgegenstände entrückt und aus ihrer alltäglichen Trivialität herausgelöst, sie gewinnen Eigenständigkeit und Autonomie. Ihre Momenthaftigkeit und Kurzzeitigkeit verhehlen die abgebildeten Konstruktionen dabei genauso wenig wie ihr labiles Gleichgewicht. Die temporären Skulpturen ähneln unseren instabilen Konstruktionen von Wirklichkeit. Das zeigt sich ebenfalls in der dreiteiligen Photoserie *Pragmatische Prinzipien* aus dem Jahr 2005, einer Art Untersuchungsreihe, in deren Versuchsanordnungen komplexe Konstruktionen aus verschiedenen Holzlatten aufs lichtempfindliche Papier gebannt werden, bevor die der Statik abgetrotzten vergänglichen Schönheiten wieder in sich zusammenzustürzen drohen.

Wesen erhabener Herkunft führt die 2007 entstandene Reihe *Höhere Mächte* mit ihren geometrischen Kompositionen aus schwarzen rechteckigen Pappen, Stativstangen und tiefschwarz glänzenden aufgepumpten Plastiktüten vor. Sie gewinnen ungemein starken individuellen Ausdruck – oder projiziert der Betrachter diesen in die glatten Plastikoberflächen, in denen nichts als Luft für die äußere Form sorgt? Die einzelnen Typen sind ähnlich formalisiert wie in Charakterstudien oder Musterbüchern für Mimik und Grimassenstudien, die unter Künstlern vergangener Jahrhunderte weit verbreitet waren. Die schweren schwarzen Konstruktionen wirken streng und gleichzeitig komisch, zumal in den perfekten und symmetrischen Figuren bald leichte Unregelmäßigkeiten zu entdecken, die Konstruktion zu erahnen und die Beschaffenheit des Atelierbodens, der Wand wie auch des photographierten Materials zu sehen sind. Diese charmanten Ungenauigkeiten untergraben den Ehrgeiz der einzelnen Helden der Serie, sich in ihrer ganzen vermeintlichen Stärke und Schwere mit allem verfügbaren Macho-Gehabe aufzubauen und lassen ihrer Aufgeblasenheit langsam die Luft entweichen. In ihrer halbernsten formalen Strenge, die Assoziationen mit hard edge oder anderen verwandten Richtungen formalgeometrischer Malerei hervorruft, sind die *Höheren Mächte* auch ein ironischer Kommentar auf konstruktive, formalistische Malerei, Skulptur und Photographie sowie ihre Kraft- und Machtdemonstrationen.

Mit ähnlich ironischer Ernsthaftigkeit leistete auch Sigmar Polke bereits mehrfach den Befehlen der Höheren Wesen demütig Folge, gleichzeitig Stereotypen abstrakter Malerei verspottend, wie in seinem Leinwandbild aus dem Jahr 1969 *Höhere Wesen befahlen: rechte obere Ecke schwarz malen!*. Klischeehaft erscheint außerdem der Typus des Höheren Wesens, dem seine Plastikverkleidung unverkennbar anzusehen ist, wie er in unterschiedlichsten Gestalten zahlreiche Science-Fiction-Welten bevölkert, so zum Beispiel die plastische Plastikfigur des Darth Vader aus der Filmsaga Star Wars. Die Photoserien widmen sich weder dem Heroischen noch dem Anti-Heroischen, sondern beschäftigen sich mit dem Dazwischen, dem Alltäglichen, aus dem sie, gleichsam alchemistisch, das Metaphysische herauslösen.

Eine kuriose Zusammenkunft zeigt eine Photographie aus der Serie *Das halbe Leben ansich*. Auf einem kleinen Tisch steht ein Paar Damenschuhe, darunter liegt eine blaue, mit Luft prall gefüllte Tüte, an der Wand über dem Tisch hängt eine glänzende grüne Lamettakette, links daneben ein Fächer wie ein Pfauenrad. Wie in dem vielzitierten Bild Lautréamonts, Surrealist avant la lettre, der Schönheit der unvermuteten Begegnung einer Nähmaschine und eines Regenschirms auf einem Seziertisch [5], kommen auch hier Dinge zusammen, die in keine logische Verbindung zueinander zu bringen sind, sie vielmehr auf dem Tisch tanzen lassen, während der ungeliebte Sack darunter bleibt.

Surreale Begegnungen verschiedenster Objekte ereignen sich häufig im Traum, wenn disparate Fragmente der Traumgedanken zu einer Situation vereinigt werden. Wie im Traum sind auch die Arbeiten von Tamara Lorenz voller nicht konkurrierender Widersprüche, traurig und komisch, absurd und hoffnungsvoll, tragisch und lächerlich, zufällig und präzise, beiläufig und beharrlich. Sie sprühen vor Witz und vielschichtigen, verdeckten oder offenen Anspielungen, wenn beispielsweise eine Akkumulation von Tüten, die wie ein Bild an der Wand hängt, den Arbeitstitel Satte Belegschaft trägt und ironisch auf materialgesättigte gestische Malerei verweist. Tamara Lorenz überführt das Mediokre in Poesie und eröffnet kleine Momente des Alltagsglücks. Geringfügige, kaum merkliche Verrückungen der Dinge neben die Bahnen der gewohnten Ordnung legen die Sollbruchstellen der Welt offen, nicht boshaft, sondern mit spielerischem Ernst und hintergründigem Humor. Ihre Bildgeschichten sind Parabeln auf das menschliche Leben in seiner provisorischen Schönheit.

---

[1] Immanuel Kant bestimmt in seiner 1790 erschienenen Kritik der ästhetischen Urteilskraft Schönheit als „Form der Zweckmäßigkeit eines Gegenstandes, sofern sie ohne Vorstellung eines Zwecks an ihm wahrgenommen wird". Immanuel Kant: *Kritik der Urteilskraft*, § 17: Vom Ideale der Schönheit, Hamburg 2001, S. 93

[2] Sigmund Freud: *Über den Traum* (1901), in: Charles Harrison, Paul Wood: Kunsttheorie im 20. Jahrhundert. Künstlerschriften, Kunstkritik, Kunstphilosophie, Manifeste, Statements, Interviews, Bd. 1, (Oxford/Cambridge 1992) Ostfildern-Ruit 2003, S. 34 ff. und 39

[3] Roland Barthes: *Mythen des Alltags*, (Paris 1957) Frankfurt/Main 1964, S. 76-78

[4] Albert Camus: *Der Mythos des Sisyphos*, (Paris 1942) Reinbek bei Hamburg 2003, S. 155-160

[5] Lautréamont: *Die Gesänge des Maldoror*, 6. Gesang, (Paris 1869) Hamburg 1996, S. 223

HEROES OF EVERYDAY LIFE
by Deborah Bürgel

Coloured plastic bags are inflated like windsocks by a white household fan. Green bags grow out of a wooden tree trunk. A black plastic bag is lying like a corpse on a pile of industrial pallets. Grey rubbish bags have been arranged in two perfectly parallel rows. Metal storage shelves are neatly stacked with various bags that have been filled with air.

The protagonists of the photographs and videos in *The Half of Life Itself* (2004-2006) are all common plastic rubbish bags, mostly inflated, in an astounding variety of sizes, shapes and colours. The unusual use of the bags alienates them from their intended function and places them in a new, unfamiliar relationship with reality. In the strange, makeshift visual setting for no apparent reason, the new function of the bags remains unclear; in fact this inversion becomes an ironic parody of determinism. In this "Finality without an end"[1] the bags reveal their unprecedented beauty.

Regardless of whether they are photographed hanging limply on a washing line, neatly stowed on shelves or tied onto two folding chairs while seemingly having a conversation, the bags are the main characters in the images, in which they appear to be on stage. With much wit and ingenuity Tamara Lorenz makes the silent objects eloquent and they take on an unexpected life of their own. They undergo a fantastical metamorphosis: each object becomes a character in its own right. This transformation resembles that of a dream, in which objects are frequently symbolic representations of people, body parts or functions, as described by the psychoanalyst and dream-interpreter Sigmund Freud.[2] In this photographic series the bags function as tropes of everyday reality and represent states and conditions of being human. Playful, dynamic compositions set off against static installations reflect the two contrasting principles of human life, vita activa and vita comtemplativa. Various forms of human interaction and group dynamics are depicted by using plastic bags, for example, to simulate sitting in a circle, standing in straight parallel lines or by means of a ladder that dominates the chaos of an accumulation of bags on the floor. A typology emerges in the course of the series of photographs, in which the bags, as heroes of everyday life, demonstrate patterns of human behaviour. The simplicity of this representation and the complete lack of any dramatic expression distance it from that which it depicts, and thus it becomes a persiflage.

With her sure eye for small and obscure things, Tamara Lorenz seeks out random situations and curious objects in the universe of trivia and collects these in numerous photographs. The peculiar and unique, sad and abstruse, deliberate and incidental, broken and composed, assembled and found are given equal status and together they become the poetry of everyday life. At the same time the individual objects point beyond themselves and are linked in a multi-layered network of symbols and meanings. In *Mythologies*, the French writer and philosopher Roland Barthes describes the supreme elegance and perfection of the Citroën DS 19, which leads him to declare the car as a contemporary equivalent of the Gothic cathedral.[3] But the beauty of the common rubbish bag, its rich diversity of colour and the sculptural quality of its inflated form is rarely noticed and appreciated: there is possibly no item in the common household that is more trivial. Tamara Lorenz stages them in her photographs and videos and at the same time attacks their identity, by bursting them or slowly letting them deflate. In the video *Operator* (2005) from *The Half of Life Itself*, using her body the artist tries to burst one inflated bag after the other from a seemingly inexhaustible supply. The air escapes with a hissing sound, a loud bang or a strange rustling, sometimes quickly, sometimes only after a lot of pressing and turning, twisting and squeezing. In so doing, strange sculptural forms are created. The squeezing and pressing, transposed onto the person carrying out the action, can be interpreted as the moulding and carving of sculptural forms and as a metaphor of the artist and the creative process.

Both the presentation of basic and repeated actions and the technical simplicity and stillness of Tamara Lorenz's videos – she neither moves the camera nor edits the take – are reminiscent of early video-work by the US artist Bruce Nauman that he produced in his studio in the early sixties and which show him carrying out simple actions. His video *Stamping in the Studio* (1968), for example, shows him doing just that – stamping through his studio. The principle of repetition is also central to one of Richard Serra's videos. *Hand Catching Lead* (1971) shows a hand catching strips of lead as they fall down one after the next, holding each briefly before letting it go to try and catch the next strip. The energy and physical effort required are clearly visible as the hand becomes slower and obviously fatigued. Once again in *Operator* it is the representation of repeated physical exertion coupled with the varying reactions of the different rubbish bags, which determines the minimalist dramaturgy of the 19-minute video. The never-ending repetition of an action without any discernable goal or purpose, central also to the videos *drag and drop* or *dropdown* (2005), conjure up associations of the myth of Sisyphus, who is cursed to roll a boulder up a mountain and then watch as it always rolls down again. The French Philosopher Albert Camus defined Sisyphus as the absurd hero, who is happy because he is conscious of the futility of his task. [4]

Her sculptural treatment of materials, play with form and non-form, and interest in sculpture and process, link Tamara Lorenz with the extended definition of sculpture prevalent since the 1960s and with the exploration of the artistic process of representation. This theme is central to her 30-minute video *Soapopera* (2005) in which inflated bags fall into the space of the image one after the other. The image changes slowly yet constantly and it literally grows. The typical association of rustling and crackling is removed as the bags sink silently into the frame; the viewer focuses, almost meditatively, on the ever-changing image and the video becomes evocative of the process of painting. The complexity of the relationship between the two visual media becomes apparent. On the one hand they are very sculptural and, emphasised by the constructive quality of her precise, simple composition, they are characterised by their three-dimensional appearance; on the other hand they are images, photographed moments in time or kinetic sculptures captured in a video frame. Photography puts the temporary sculptures in the picture and documents them, not so much to reproduce them but rather to invent a new reality. Through the staged settings the individual moment is invested with greater meaning. The photographs however don't hide how they have been made. On the contrary, props and supports, a multiple power socket and even the grey studio floor remain visible. In this way photography and video confine the objects to a world of their own. Through the established distance the objects in the images are alienated and removed from their everyday triviality, thereby gaining independence and autonomy. The photographed constructions conceal neither their temporal and momentary states nor their delicate balance.

The temporary sculptures resemble our instable constructs of reality. This can be observed in the three-part photographic series *Pragmatic Principles* (2005) – a series of experiments in which complex constructions of wooden slats are captured onto light sensitive paper, before the gravity defying transient things of beauty threaten to collapse again.

With its geometric compositions of black rectangular cardboard, photographic stands and dark black, glossy, inflated plastic bags, the work Beings of Noble Origin is representative of the series *The Powers That Be* from 2007. The black plastic bags attain an extraordinary expression of individuality – or is it the viewer who projects this into the smooth outer surface, which is formed by nothing more than air? The individual characters are like those found in character studies or reference books for facial expressions widely known to artists in centuries past. The heavy black constructions appear to be precise and yet at the same time they are oddly imperfect, as slight irregularities can soon be detected in the perfect, symmetrical shapes: the underlying structure and the texture of the studio floor are discernable; the wall and the photographed materials can be seen. This charming imprecision undermines the individual heroes of this series and their ambitions to establish, by throwing around their macho weight, their supposed power and substance, and slowly deflates their inflated egos. In her half-serious formal precision, which evokes associations with hard edge painting or other approaches to formal geometric painting, *The Powers That Be* is an ironic commentary on constructive, formalist painting, sculpture and photography, as well as their demonstrations of power and force.

With similarly ironic earnestness Sigmar Polke also humbly obeyed the commands of the Higher Beings more than once, at the same time as mocking stereotypes of abstract painting as in his painting on canvas *Higher Beings Commanded: Paint the Top Right Corner Black!* (1969). The character of the Higher Being, unmistakably recognisable in the typical plastic guise seen so often in science fiction scenarios, as, for example, the plastic figure of Darth Vader from the cinematic saga Star Wars, also seems clichéd. This photographic series is neither dedicated to the hero nor the anti-hero, but rather it deals with the in between - the ordinary and everyday - out of which it extracts, as if with alchemy, the metaphysical.

A photograph from the series *The Half of Life Itself* depicts a curious encounter. On a small table lies a pair of ladies shoes. There is a fully inflated blue plastic bag underneath it, a glittering garland of green tinsel on the wall above it, and a splayed peacock-like fan to the left of it. As in Lautréamont's much quoted image, surrealist avant la lettre, about the beauty of a chance meeting of a sewing machine and an umbrella on a dissecting table [5], objects, which have no logical connection to each other are brought together here to mingle, while the unloved bag stays under the table.

Surreal encounters of the most diverse objects often occur in dreams, when disparate fragments of the dream are united into one situation. As in dreams, the works of Tamara Lorenz are also full of non-competing contradictions – sad and strange, absurd and hopeful, tragic and ridiculous, random and precise, incidental and persistent. They are full of humour and multilayered innuendos and references, as for example when an accumulation of bags hanging on the wall like a picture is entitled Sated Workforce and ironically refers to the saturated canvases of gestural painting. Tamara Lorenz conveys mediocrity in poetry and discloses small moments of happiness in everyday life. Through minimal, barely noticeable displacements in the usual order of things, moments of imperfection in our world are revealed, not maliciously, but with playful earnest and subtle humour. Her visual stories are parables of human life in its transient beauty.

[1] In his *Critique of Judgement*, published 1790, Immanuel Kant defines beauty as „the form of finality in an object, so far as perceived in it apart from the representation of an end". Immanuel Kant: *Critiquie of Judgement*, §17: translated by James Creed Meredith (Oxford: Clarendon, 1988)
[2] Sigmund Freud: *On Dreams* (1901), in: Charles Harrison, Paul Wood: *Art in Theory*, 1900-1990, An Anthology of Changing Ideas, (Oxford/ Cambridge 1992)
[3] Roland Barthes: *Mythologies* (Paris 1957), translation by Annette Lavers, London, 1972/ Vintage 2000, pp. 88-90
[4] Albert Camus: *The Myth of Sisyphus*, (Paris 1942) Penguin 2005
[5] Lautréamont: *Maldoror*, Sixth Cantor (Paris 1869) Allison and Busby, London 1983, translation by Alexis Lykiard

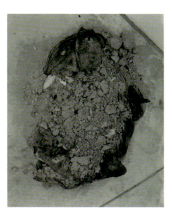

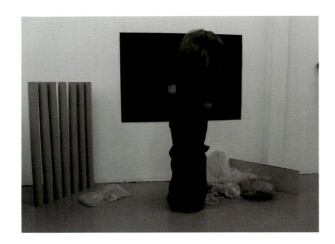

Diagramm-Monolog

: Also wo waren wir stehen geblieben? Du hast gesagt:
: Dass der Zufall eine ganz grosse Rolle spielt... viel grösserer Ausgangspunkt und weiterhin auch Sinn der ganzen Sache ist, finde ich. Also das hat dann eine Freiheit. Oder was ich meine mit Zufall ist das Potenzial von Fehlern, von ungeplanten Gegebenheiten, die dem Ganzen das geben, was vielleicht noch gefehlt hat.
Ich bin Fan von Ungenauigkeiten, die im Prozess entstehen.
Nach dem Denken fängst Du an zu arbeiten. Erst Skizzen, dann erstes Probieren, und dann geht's los. Mit jeder weiteren Arbeitsebene kommen Dinge hinzu, die Du vielleicht nicht so geplant hast, das kann ein Gewinn und natürlich auch ein Verlust sein. Aber irgendwie ist das natürlich.

In diesem Prozess bist Du dann so lange drin, bis etwas steht. Es dauert total lange, bis etwas Sinn macht, bzw. bis die Entscheidungen, die man zu treffen hat, dann endlich richtig sind und sich im Ganzen einfügen. Und dann ist es hieb- und stichfest!

Der Sinnfrage nachzugehen ist auch eine wankelmütige Angelegenheit. Es ist ja eher ein Hineinkriechen in die Dinge und die Materie, Verbindungen zu ziehen oder neue zu schaffen. Es ist wie eine Behauptung aufzustellen, je behauptender oder abstruser, um so besser.

Das Ziel läuft zum Bild.

Wenn ich weiss, warum ich was mache, aus welcher Urmotivation, dann gibt es kein Gejammer über den alltäglichen Driss, weil irgendwer irgendeinen lieber hat und warum das Ganze so absolut zu keinem Sinn und Zweck führt. Weil ich dann darauf komme, das ich das mache, weil es wirklich wichtig ist, weil genau das Sinn macht, gegen die Langeweile ansteht, Freude bereitet und klar, auch Leiden schafft. Aber im Grossen und Ganzen ist es eine Methode, etwas rauszufinden, wovon man oft nicht weiss, was es jetzt genau rauszufinden gibt. Und dann ist ziemlich viel gut und klar, und pragmatisch gesehen gibt es keinen Grund zum Jammern: Da ist ja noch was, da ist ja immer wieder was. Das hört ja nicht auf, das will ja raus. Herrlich.

: Ich glaub, dass es darum geht, etwas rauszufinden. Wie hast du das vorhin genannt, das was sich als Aussage manifestiert, dadurch wie du das tust, eine Grundhaltung, eine Art zu Leben, dass sich dadurch ein klareres Bild zusammensetzt über die Bilder hinaus, wodurch Zusammenhänge entstehen. (A)

: Hast Du eine Aussage zu machen? (T)
: Ja. Leben eben. (A)
: Kunst beschleunigt das schon. (T)
: Ja, Kunst ist eine gute Art was rauszufinden. (A)*

Den Rest loslassen oder weglassen

Und nun keine Zusatzsätze über die Arbeit an sich - vage Worte, da es um dies und das geht und das wechselt sich sowieso ständig ab und ist mal da und mal weg, zeitgleich. Im Wirr der Gedanken, die nicht kontrolliert sind, liegt die Freiheit. Sobald ich im Übermaß kontrolliere passiert das Umgekehrte, nur Dreck kommt raus - so eine klare Brühe, von der man denkt, es werde erwartet, solches rauszulassen. Man hat sich darauf geeinigt, wir sind d'accord mit diesen übereinstimmenden Ansichten. Das langweilt mich. Dieses oder jenes wurde schon oft genug gesagt, warum sollte ich das in anderer Manier wiederholen?

Also Ich habe keine klugen Sachen zu sagen.
Ich gebe jetzt einfach mal die Kontrolle ab.

Mein Kopf klebt an der Wand
oder der Bauch haftet am Kopf.
Unmittelbare Verzögerung des Handelns lässt Vakuum für Kopien des Funktionalen entstehen.
Das Quentchen Unkontrolle versetzt ins Verwundern
es windet und wendet sich innerhalb des Verständnisses
ein Mittelmaß an klarer Sprache und abstrakter Offenheit
Sinnbilder Trugschluß
den Batzen Inspiration runterwürgen, im Innern halten und rechtens herauslaufen lassen
eine kleine Weile innehalten
und hinterfragen,
der Kopf fühlt, der Bauch denkt
Irreleitungen der Grundbedürfnisse und deren Zusammensetzung und Herkunft
das grosse Thema
eine Übereinkunft der Grundbegriffe
Gründlichkeitsgrundbegriffe

Aussitzen!

Regel befolgt! Erfolg!

Hirnlos. Fast sorglos.
Kann nix aus den Taschen kramen.
Vielleicht ein lahmer Finger,
der rege zittert und nicht
von der Stelle kommt.

kurz vor knapp

Was solls?
Machts Sinn?

Wir arbeiten ohne Termin
natürlich auch mit Termin

BILDNACHWEIS / INDEX

Aus der Arbeit *Das halbe Leben ansich* / from the series of work *The Half of Life Itself*:

9	o.T. #1, 2004 - C-Print, 56 x 70 cm
11-13	*Soapopera*, 2005, Video, ohne Ton/ without sound, ca. 30 Min
15	o.T. #5, 2004 - C-Print, 70 x 56 cm
16	o.T. #4, 2004 - C-Print, 70 x 56 cm
17	o.T. #17, 2005 - C-Print, 80 x 100 cm
18-19	o.T. #14, 2005 - C-Print, 120 x 158 cm
21	o.T. #19, 2005 - C-Print, 100 x 80 cm
22	o.T. #3, 2004 - C-Print, 70 x 56 cm
23	o.T. #7, 2004 - C-Print, 100 x 80 cm
24	o.T. #12, 2005 - C-Print, 100 x 80 cm
26-27	o.T. #8, 2004 - C-Prints, je/ each 56 x 70 cm
28-31	*Operator*, 2005, Video, ca. 19 Min
32	o.T. #6, 2004 - C-Print, 100 x 80 cm
34	o.T. #11, 2005 - C-Print, 70 x 56 cm
35	o.T. #13, 2005 - C-Print, 56 x 84 cm
36-37	o.T. #20, 2006 - C-Print, 120 x 158 cm
57-60	*Helden des Alltags* von Deborah Bürgel
61-64	*Heroes of Everyday Life* by Deborah Bürgel

Aus der Arbeit *Höhere Mächte* / from the series of work *The Powers That Be*:

41	o.T. #1, 2007 - C-Print, 120 x 92 cm
43	o.T. #15, 2007 - C-Print, 120 x 92 cm
44	o.T. #3, 2007 - C-Print, 120 x 92 cm
46	o.T. #11, 2007 - C-Print, 120 x 92 cm
47	o.T. #8, 2007 - C-Print, 120 x 92 cm
48	o.T. #4, 2007 - C-Print, 120 x 92 cm
51	o.T. #13, 2007 - C-Print, 120 x 92 cm
52	o.T. #17, 2007 - C-Print, 120 x 92 cm
53	o.T. #16, 2007 - C-Print, 120 x 92 cm
54	o.T. #14, 2007 - C-Print, 120 x 92 cm
65-72	Skizzen / Views
73-75	*Diagramm-Monolog* von Tamara Lorenz

*(Ausgangsdialog: Andreas Hirsch und Tamara Lorenz am 30.12.2007)

IMPRESSUM / COLOPHONE

Herausgeber / Editor: Andy Lim
Konzept & Gestaltung / Conception and Layout: Tamara Lorenz
Text: Deborah Bürgel, Tamara Lorenz
Übersetzung / Translation: Joanne Moar
Druck / Print: asmuth druck + crossmedia, Köln
Papier / Paper: Galaxi Keramik 200 gr, Munken Print 150gr/m^2, 150 Vol.
Buchbinderische Verarbeitung / Bookbinding: Hendricks & Lützenkirchen, Kleve
Auflage 500 Exemplare

Special Editions:
Symptome zur Ordnung, Sonderbindung mit Originalarbeit, signiert und nummeriert
C-Print 24x30 cm, 9 Exemplare + 2 AP

Copyright: Darling Publications & Tamara Lorenz und die Autoren, 2008
ISBN 978-3-939130-83-3

Dank / Acknowledgments:
Tilman Peschel, Agnes Meyer-Brandis, Julia Bünnagel, Jens Brand, Natalie Czech,
Charlotte Desaga, Mark Hartmann, Kirsten Hinkler, Andreas Hirsch, Sebastian Jochum,
Anja Kempe, Prof. Jügen Klauke, Dr. Andy Lim, Walburga Lorenz, Joanne Moar,
Martin Seck, Suzy Whang

DARLING PUBLICATIONS
Riehler Strasse 37
50668 Köln
Germany